文芸社セレクション

女は子供を生むべきではなかったのか？

山川 もえ
YAMAKAWA Moe

文芸社

女は子供を生むべきではなかったのか？

一

いやに冷たいゆう子の声。

「なーに？　今、忙しいんだけど」

「もしもし　元気？」

「あら、忙しいの、何処かにお出かけ？」

粘って電話を切らない私。

「歳とったわねー、誰もお相手してくれないの？　こっちは、いろいろ予定があるのよ」

胸にぐさっと刺さるような言い草である。

慌てて電話をきる。若い人は、忙しいのだ。

私も気が付けば、もうすぐ七十歳も終わりだ。まだまだ若いつもりでいたのだ。

つい、気の合う二女のゆう子に電話をしてしまうのだ。

隣近所の噂話や夫の愚痴など、どうでもいい事を報告しては、同意を求めて気を晴らしている。

実に気の優しいゆう子は、どんな時でも真剣に聞いて慰め、アドバイスしてくれた。この頃、少し冷たく感じるのは気のせいだろうか。

特に用事もないのにゆう子の声が聞きたくなり、暇さえあれば迷惑など考えず電話をするのが日課になってしまった。

ゆう子は、外国人の友人が多い。ドイツ、アメリカ、カナダ、イギリス。よくもそんなに友達が出来たものだ。話が国際的でとても面白い。ゆう子のお蔭で、いろいろな国に旅行することができた。

お正月は、ハワイでよく泳いだ。

日本では恥ずかしくてとても水着など着れるものではないが、ハワイは恥ずかしい事なんて微塵もない。おデブさんも沢山いる。明るく、楽しいだけだ。バラ色であった。

ドイツが特に気に入った。ドイツ語の発音も大好きになった。

気候も、日本に似ている、秋の悲しげな寂しさ、夏の燃え上がるような太陽、冬の暗く厳しい寒さ、人々の真面目さや優しさ。そう思うのは、私だけなのだろうか。

ダンケ、ビッテだけで、用を済ませることができる。秋田の方言、ドサ、ユサに似ている。発音が暗く、濁音だ。実に、親しみやすく、快適である。

何もかも優しいゆう子のお蔭だ。私は母親なのに、ゆう子に甘えている。

ゆう子は、静かな引っ込みがちな子だと昔からずうっと思い込んでいたが、思い違いであった。それとも、性格が変わったのか。知らぬ間に、成長している。

もうそんな楽しかった日々は終わった。ここ十年は、灰色である。世の中が変わった。当然の事ではあるが、さみしく悲しい。

すぐ近くには、長女の華が嫁いでいる。華にかけてみよう。

華は嫁いで二十七年になるが、出産の時以外、一度も実家に泊まることはなかった。最初の頃はとても寂しかったが、この頃は慣れてしまったのか、電話をかけることもかかってくることもなくなった。あんなに大切に育てたのに、いつの日からか疎遠になってしまった。

人間という生き物は、良くも悪くも、知らず知らずの内に、いろいろな色に染まってしまうのだろうか。良き方向に、向かってほしいと願う。

少し気が引けるが、思い切って受話器をとった。

「もしもし」

絶対、家人は電話に出ることはないので安心だが、少々気が重い。

「ハイ、藤野でございます」

静かで、実におすまし声の華である。

「アッ、華ちゃん、元気?」思わず金きり声で叫んでしまった。

久々の娘の声、嬉しい。涙がこみ上げてきたのは何故だろう。心配していたのだ。

元気でいてくれた。

「どうしたの、何かあった?」

静かな声、まずかったのだろうか。掛けない方が良かったのかもしれない。心が動揺している。

「ちょっと声が、聞きたくなって」

気を取り直し、静かに話しかけた。元気でいてくれれば、それだけで嬉しい。

華の顔が見たくて、何度も華の嫁ぎ先の家の前を、車で通ったこともあった。

電話で呼び出して、姿を見て安心したこともあった。

幸せなのに、心配ばかりしていたこともあった。

「ごめんなさい、御無沙汰ばかりで」

即、返ってきたその声も静かである。近くに皆が居るのだろうか。見えない情景、距離を感じる。

「お父さんも元気だから、それじゃまたね」

急いで、一方的に電話を切った。

安心はしたが、空しい。惨めで複雑な気持ち。子供は遠くにある存在、どうしてそうなったのだろう。


華の結納の日、家系図も頂いた。

大きい畳半畳ほどの物で、江戸時代の前からのものであった。凄い人が書いてある。

「うちの先祖は、足軽であったそうです」

恐縮して背を丸め、弱々しく呟くように華の父である晴彦が言っていたことを、思い出した。

気の毒だ、初めて聞いた。家柄が違うのだ。

それから自然に、疎遠になった。

華は、肩身の狭い思いをしていないだろうか。

二

夫は今月、八十歳の誕生日を迎える。

見た目は実に健康そうに見えるが、しかし、沢山の病気を患っている。高血圧、痛風、糖尿病。朝夕、山ほどの薬を飲んでいる。手際よく、ホイホイと素早く口に放り込む。まるで魔術師のようだ。赤白ピンク、そしてオレンジ、実にきれいな彩りだ。大丸、小丸、長丸、三角、楕円形、八個ある。のどに詰まりそうで、人事ではあるが、見た目に苦しい。

「えらいねー」感心して、つい口走る。

「生きるためだよ」むっとした顔は怒っている。

「飲み忘れることはないの？」

「死ぬよ」、一言。

ああ、生きることは大変だ。

「他人には言うなよ」

目が怖い。恥であると思っているのだ。

生活が我儘であったことに、早く気が付けばよかったのだ。

「子供たちには、話した方がいいよ、絶対」強い語気で言った。

当然である。生んで育てて、人生の大半を子育てに費やしたのだ。

「絶対ダメだ。心配かけるな、迷惑かけるな」

偉そうに言っている。見栄っ張り。

むっとして睨み返す私には、優しい天使の心は持ち合わせておりません。修羅場が頭を過る。

いつ倒れてもおかしくない。私が一人で看取るのだ。

「人間は、覚悟が一番大切なのだよ」

母の言葉を肝に命じる。

女は強いのだろうか。女の子だったころの時代が、脳裏をかすめる。

三

綿頭巾。綿が沢山詰めてあり兜のような型で肩まで隠れる、まるで戦闘帽のような帽子である。今は誰も見たことが無いだろう。私の記憶からも、薄れ去っている。

真夏の暑い日だった。その戦闘帽で頭をすっぽり覆い、紐付きの袋を肩から斜めにぶら下げ、一生懸命裏山に登った。

誰かに手を引かれ、逃げるように必死に駆け上がり、大きな木の下に隠れた。大きな木は緑の葉で覆われ、その青葉の爽やかな香りが漂っていた。

通り抜けていく涼しいそよ風が、顔を冷やして天国のような気持ちだった。そこだけが、今もはっきり脳裏に残っている。

袋には食糧らしき物が入っていて、かんぱんという硬いお菓子と炒った大豆で、美味しくなかったことを覚えている。

それからどうしたのか記憶はない。それが、私の一番古い記憶だ。四、五歳の頃だったと思う。

それから間もなく戦争は終わったらしい。

田舎には、戦争の面影は何一つない。しかし、皆、生活は苦しかったらしく、我が家も貧しかったと思うが、子供の私は不自由を感じたことはない。

大人たちは皆、何処かへ働きにでていった。

「お宅は男の子でいいねー」

「女の子は役に立たないよ」

大人の女性たちの間で、そんな会話が何の遠慮も無く飛びかっている。

子供ながらに、辛いものである。私は、女の子なのだ。

息を殺し、小さい体を丸めて聞いていた。生まれてきて、悪かったのか。

トラウマになっていつまでも、心に残った。仕事など出来ない。家の中に籠り、静かに、一人で絵を描いたりして、邪魔にならないよう遊んだ。

敗戦国日本の将来は、男の子に懸かっている。男子は希望の星、金の卵だ。戦後の日本の復興に、貢献した。

女子は、どうだったのだろうか。噂を聞いたことはない。話題にも、ならないのか。

やはり、あまり、役に立たなかったのか。生まれなかった方がよかったのか。

四

「電気代が勿体ないから、早く寝なさい」

祖母のいつもの言葉。

極寒の冬時の秋田は、アッという間に夕闇がやってくる。

夕方の四時になると、青だった大空が急激な勢いで灰色になり、深々と暗闇と寒さが迫ってくる。長い夜が始まるのである。

遥か遠くに白い山々がうっすら聳え立ち、その暗闇のあちこちに、オレンジ色の炎がポッポッと揺らいでいる。

「寒くなると、狐がしっぽに火を焚いて暖まっているのだよ」祖母が教えてくれた。

「日本昔話」のようだが、事実だ。狐の姿は見えないが、炎だけがいつまでも揺らいでいる。きっと狐も寒いのだろう。

暖かい炬燵の炭火が心地良く、眠くなりそうで、我が家は幸せだ。未だ家人たちは帰らない。まだ働いているのだ。

「狐が来るから、戸閉まりしようネ」

戸閉まりが、いつもの祖母の仕事だ。

仕事のあることが嬉しいのか、大いに張り切っているように見えるのは気のせいだろうか。

裸電球はやわらかくオレンジ色で、心も体も温かい。読書のひと時が嬉しく幸せな気持ちだ。

「勉強は止めなさい」

「女は、偉くなったら不幸になるんだよ」

横から、祖母が心配そうに覗きこむ。

「うん、うん」無言で頷く私は、辛い。

祖母は体が弱かったらしい。生卵を飲んでいた。時々、病院に入院した。いつも、細々とすまなそうに、遠慮して生きていたように見えた。

私と同じで、役立たず老人だったのだろうか。姥捨て山に捨てられる時代でなくて、良かった。

気の毒で悲しく、いつも祖母の後ろに、ひよこのようについて歩いた。

祖母を悲しませたくない、電気スタンドを布団の中に持ち込んで、本や漫画を読んだ。奥の私の部屋は、誰にも気付かれることもなく自由であった。

終戦後の子供たちは、皆、忙しい親の手伝いや小さい弟や妹の子守りなど、大人の役に立っていたように思う。

男の子の方が、特に役に立ち、女の子以上に活躍したのか、そんな事を知る由もなかった。我が家は大人揃いだ。

母親にとって、女の子も大いに役立った。そんな風にも思いたい。子供を生んで育てる、そんな母親も、役立たずの女の子だったのか。

五

一年に一度、村人たちの大イベント、大演芸会が、華々しく挙行される。

青年団の若者たちが、精一杯頑張って、村人たちを喜ばせ、自分たちの今年一年の頑張りを称え、村の未来に希望を見出すため、娯楽のため、いろいろだろうと思うが、兎に角皆総動員だ。見る人、演ずる人、最大な盛り上がりだ。

季節は、これから淋しい冬を迎える十月末の晩秋である。燃えるような真っ赤なカエデも散り、枯れたようなすすきが大きく風にゆれて、何故か悲しいような、静かな里の秋。

私は、そんな季節がきらいだった。

演芸会に、私は二回出演させられた。

殺風景で駄々っ広い講堂は寒いし、夜は眠いので気が進まなかった。しかし我慢して頑張った。稽古は大人たちの仕事が終わって、夕食後なのだ。役に立ちたい、子供心にそんな事を思っていた。

子供は八重子さんという十歳位年上の人と二人だけだった。静かで綺麗な人だった。中学生と思うが、口数が少なく話をした記憶がない。優しい目をして色白で面長な美人で、痩せていた。大好きなお姉さん、と心で思っていた。

八重子さんは凛々しい男役で、私はきれいな花柄の振袖を着ている。

古びた白黒の写真が今も大切そうにアルバムに貼ってあり、七十年位前の事なのに、鮮やかに色まで脳裏に残っている。

歌謡曲の踊りで、拍手喝采が会場いっぱい響き渡っていた。出演後は、疲れ切って、会場の片隅で死んだように眠り、なんの記憶もなく、どんな余興があったのかしらない。

翌年は、八重子さんの出演はなかった。

私は、まだ小学校に入っていなかったような気がする。一人、大人たちに煽られて頑張った。

ピンクの洋服はドレスで、人絹（レーヨン）という布地で出来ていた。フランス人形のようだ。

洋風の踊りは戦後の田舎には衝撃だったのか、ワアーッと奇声のような明るい歓声が、響き渡っていた。皆に小さい明るさを、届けたような気がした。皆の役に立ちたい。女の子の儚い望みでもあった。

出演後は、そのまま気を失ったように記憶が消え、目を覚ましたのは翌朝の布団の中であった。

「皆褒めていたよ」

祖母が、とても喜んでいる。

これからも頑張って踊ろう。心で強く誓ったが、その後二度と出演することはなかった。

演芸会は、その後もあったのだろうか。八重子さんに会うこともなかった。

八重子さんの家の前を通る度に気になり、いつもキョロキョロ見ていた。

八重子さんの家も貧乏そうに見えた。

お姉さんと二人姉妹のようだ。姉妹は良く似ていて美人姉妹だ。

お父さんは見たことが無い。戦争で死んだのだろうか。良からぬ事が頭を過る。

そんなある日のことであった。

八重子さんが、悲鳴を上げて家から突然飛び出してきた。

逃げ去る八重子さんの後を追いかけて、大男が飛び出していった。

大男は棒を振りかざしていたような気がした。姉の夫がいるらしい。その人だろうか。

そしてその時、悲鳴のような声が聞こえてきた。

恐ろしさのあまり息が止まり死にそうになり、どうして家に辿り着いたのか記憶がない。

悲しくて悲しくて、今も涙がこみ上げてくる。

八重子さんは、二十歳にもならない若さで死んでしまったらしい。

大人たちが噂していた。何で死んだのだろうか。

綺麗で優しかった八重子さん。天国で幸せに暮らしていますか。

貴方のことは一生忘れません。

生まれてきて良かったのだろうか。楽しい事はあったのだろうか。

人間は楽しく生きた方がいい。子供心に願った。

六

春、あたり一面芝生のような小さな若草が群生し、名も知らない野の花や黄色いタンポポが咲き乱れ、夏はさわやかな風が吹き、秋には紺碧の空の下に真っ赤な赤トンボが沢山舞っていて、何処までも続く広い高原があった。牛のえさの牧草地らしい。本を読んだり絵を描いたり、楽しい遊び場でもあった。細い小道があり、小道と小道を一本の太い丸太棒でつないであった。ごつごつの太い丸太の一本橋である。

丸太橋の下には小川が流れている。

春の小川は、雪解け水が白い飛沫を撒き散らし、怒涛の如く勢いよく流れている。まるで何処かに向かって挑戦しているようだ。恐ろしさを感じて身が縮む。

夏の小川は静かで清々しく、心を綺麗に洗い流してくれる。全く幸せである。春の小川と夏の小川、大変な変貌である。春は命がけで一本橋を渡る。

落ちたら流され、運が悪いと、命を落としてあの世行きだ。

体操選手が平均台を渡るように、真剣に命がけで橋を渡った。

小川は橋の下の谷間を流れている。

夏は、小川の土手のあたり一面に、野の花が咲き乱れている。

透き通った水の下には、水中花の真っ白い可憐な小花が、「おいで、おいで」と言わんばかりに靡いて待っている。

澄み切った流れの下には大小の石が見え、小さい魚が沢山、楽しそうに泳いでいる。

メダカだろうか。実に涼しげで可愛らしい。魚がいそうな石を見定め、その石をそうっと持ち上げると、大きめの魚がいる、カジカという魚だ。狙いはカジカだ。静かに小石を取り除いて、手早く網ですくい取る。子供ながらに、カジカの習性は知りつくしている。

午後の二時過ぎから夕方まで小魚と遊ぶ。夏の小魚は、学校に馴染めない私の友達だ。捕まえたカジカをバケツに入れて家に持ち帰り、大きいタライに移して泳がせいつまでも眺め楽しんだ。

可愛い顔で元気そうに泳いでいたカジカたちは、白い腹を上にして間もなく死んだ。

夏の小川は何事もなかったように、いつもどんな時も美しく、爽やかに穏やかに流れていた。

夏の小川は、かけがえのない天国のような所であった。春の小川と夏の小川の変化を知り、人生を学んだ気がする。自然は有難い。

心を揺さぶり、奮い立たせる春の小川。また、日々の悲しみや、心の痛みを優しく解き放ってくれる夏の小川。

川の流れのように人生も流れていくのだろうか。生きていくための大切な自然だ。

勇気を出して生きてみよう。きっと良い事も待っているかもしれない。

新しい人生が待っている。

「他人に、後ろ指をさされないように生きる」

母の「生きる指針」である。

体操選手が平均台を渡るように、真剣に前を向いて、足を踏み外さないように生きていけばよいのだ。これが人生の進歩、発展につながるのだ。

中学の卒業式で、先生の励ましの言葉は、心にしみる。無知な人間にとって有難い。

女性としてうまれたが、人間である。

精一杯、自由に生きてみよう。心に強く誓った。

大空は広大に、果てしなく広がっている。

希望が見えてきたような気がした。

七

　意気込んで、高校に入学した。

　一クラス五十人の中に、驚いたことに女性は七人であった。実に男社会で驚いた。不安でいっぱいだ。女性が大勢のクラスもあるらしい。

　皆とても楽しそうに、黄色い声で盛り上がっているようだ。箸が転げても可笑しいらしく、実に明るく華やかでうらやましい。

　七クラスの中には、農業を勉強するクラスもあるようだ。農業は最も大切な仕事である。世間は知らない事ばかりである。

　女性七人は、一番端の廊下側の片隅に背の低い順に二人ずつ並んで腰かけ、あまり会話もなく、遠慮勝ちに静かにすごした。何故か、七人は静かで、無口でみんな声が小さく親しみにくい気がする。

「今度の運動会の仮装行列の出し物だけど、我がクラスは、サーカスに決まったから」

係らしい男子が毅然とした態度で言ってきた。

仮装行列もあるのだ。何となく楽しそうで嬉しい。

「そこの前列の二人、どちらか、ブランコに乗って下さい」

「えっ」命令なのか。声が詰まった。

「はあ、そうですか」

隣の席の奈美子さんは、驚きもしない、意見も反抗もしない。

二人は一番背が低いから選ばれたらしい。

リヤカーという車に櫓を組み立て、それに梯子をくくり付けてブランコを吊るし、そこに乗って漕ぐらしい。一応、説明は受けたが、とても想像のつく話ではない。そんなこと出来ないし、勇気もない。

隣の席の奈美子さんは、おかっぱ頭で痩せていて、身長は一四七センチ位で、一番背が低い。お人形のようで可愛い。あとの五人は、見事に背が高く粒ぞろいだ。

『ここは、彼女に、絶対やってもらおう』

ずるい人間と思われてもいい、意志を強く持とう。

「貴方、お願いね」

優しく作り笑顔で、押しつけるように言ってみた。何と思うだろう、心配で心臓がドキドキだ。

「そうね、私が引き受けるしかないね」

動じることもなく、平然としている。

小さくて可愛いお顔なのに、笑顔もなく、ドスの利いたような低い声で力がある。

いい人なのか悪い人なのか、見当もつかない。思い悩んだ。

「お洋服は全部、私が用意するから」

咄嗟に言って、彼女の顔を覗いた。

「そう」、一言返ってきた。

同じ町に、洋裁をしている叔母がいた。足が悪いらしく、ピコタン、ピコタンと歩く。その他はどこも悪くなく、全くの健康体のように思われる。太って顔色もピンクである、今思うに、「股関節脱臼」という病気だったのだろうか。母より一、二歳下らしい。

少し遠い所の小さい一軒家に住んでいた。いつもリズミカルにミシンを踏んで、女性物のワンピースやスーツを作っていた。既制服があまりない時代だったので、大繁盛していた。

私のセーラー服も花柄のワンピースやチェックのブラウスも、全部叔母の手作りで実に優しい叔母であった。友達も姉妹もいない淋しい私は、遠い道のりを頑張って歩いて時々叔母を訪ねた。

ピンク色の丸い顔は、子供心にも気高く女神様のように感じ、日々の寂しさも、不安な気持ちも吹き飛んで幸せであった。

お金持ちだったのだろうか。

見たこともないような美味しいお菓子があり、

「とっておいたのよ」

と言って、喜ぶ私の顔を見てにこにこ微笑んでいた。

サーカスの洋服も、叔母に作ってもらった。洋服の布は誰が買ったのか記憶にないが、出来上がった洋服は純白のワンピースで、ウエストには大きいリボンが付いていて、スカートはとんでもなく短いのに驚いた。白いタイツの足がまる見えであった。

奈美子さんは、顔色一つ変えることなく、真っ青な大空に、白いチョウのように舞い飛んでいた。

リヤカーがぐらつき、大勢の男子が必死に支えていた。

「落ちて怪我でもしたらどうしよう」

可哀そうで申し訳なく、命が縮んだ。奈美子さんの無事を祈り、男子に交じり車を力の限り支えた。

恥ずかしさでいっぱいだ。眼を伏せ、広い校庭を一周した。

大歓声が響き渡り優勝であった。ピエロ役の男子が、賞を受け取っていた。

大勢の中に、ただ一人女性が頑張ったが、誰も褒めてくれる人はいなかったように記憶している。女らしくないのか？　その度胸が良くないのか。気の毒で、可哀そうだった。

彼女は、何事もなかったように平然としていた。女の底力を見た気がした。

彼女はいつも赤い鼻緒の下駄をカラカラと鳴らして履いていた。

彼女には六人の兄妹がいるらしい。

「兄二人が大学生で、お金が大変なの」

彼女は、何の見栄もなく低い声で言って、「だから靴、買えないのよ」と言った。

正直な人だ。

「靴要る？」

失礼な事を聞いた。

「馬鹿にしないで」とむっとした顔をするのかと思ったが、

「いいの？」初めて白い歯を出して微笑んだ。

素直でいい人なのか。

新品ではないが傷んでもいない、安い合成の黒い靴を、喜んで毎日履いていた。

「あげて良かった」

しみじみ思い、そして親友になった。

「無口で変わった暗い人」ずっとそう思っていたが、実は、素直で優しい温かい心の人だった。その上、優秀で成績もよかった。

「女だから、進学はダメなの」悲しそうに言って、歯をくいしばっていた。

女はやはり、「役立たず」、なのだろうか。

終戦後の日本はまだ、発展途上なのだろう。衝撃の日々の高校生活であった。

奈美子さんとは卒業後、消息が途絶えた。大企業に就職して忙しく働いていると噂で聞いたが、二度と彼女にお会いすることはなかった。私にとって貴重で、尊敬すべき女性であった。

故郷を離れて数年後、優しかった叔母は病気で死んだ。

「さようなら」も「ありがとう」も言わないでしまった。

あんなに心を支えてくれて大切にしてくれたのに、何一つ恩返しをしないでしまったことは、悔やんでも悔やみきれない。

あのピンク色の桃のような顔が、にこにこ微笑んで脳裏に焼き付いている。

八

「貴方どちら出身？」

寄宿舎で同室になった香川さんに声をかけられた。

「秋田の田舎」

愛想なく、ぶっきらぼうに言ってしまった。

故郷を離れ、緊張と不安で心の余裕が無い。これが精一杯なのだ。

「私、山形。よろしくネ」

笑顔が美しい。背が高く垢抜けていて、とても東北の田舎の人には見えない。

「東北人同士でよかった」そう言って、彼女は明るく笑った。

優しそうで、本当に良かった。家人以外と暮らしたことなど一度もない。いつも大人揃いで、自由奔放、気儘で他人に気を使ったことなどなかった。

ここは大都会、外国のようなものだ。

「気を引き締めて、しっかり生きよう」自分に言い聞かせた。

都会には、人さらいがいるらしい。騙されないように、馬鹿にされないように、道から外れないように、田舎の一本橋を思い出し生きていけばいいのだ。

「人間は覚悟が一番大切だよ」

母の言葉が頭を過る。

入寮して、淋しい日が二、三日続いた。大勢で過ごしたあの日々が懐かしい。

そんなある日、

「今度の日曜日、散歩に行きません？」

香川さんが誘ってきた。

『嬉しい、行く行く』心が叫んでいる。

「兄がね、街を案内してくれるの」

「お邪魔でなかったら、お願いします」落ち着いて、笑顔で答えた。

「お誘い、ありがとう」

頑固で意地っ張りの田舎娘、溶け込んでいこう。何事も、経験と覚悟が大切なのだ。

「兄は、医学部の二年なの」

「頭が良いのね」思わずそう言って、気を引き締めた。

散歩だから、サンダルを履いて行こう。

「これは散歩用のサンダルだよ」

そう言って母が買ってくれた。花柄で、垢抜けないが、丈夫そうだ。

優しい母の顔が目に浮かび、有難い気持ちがこみ上げてくる。

日曜日の午後、三月の末日とは言え、寒い日であった。窓の外で庭樹が大きく揺れていた。故郷も寒いだろう。


秋田を出発した日の朝も寒かった。その日も、灰色の寂しい空から雪がひらひらと、悲しげに降っていた。

玄関を出た瞬間、滑って転んだ。起き上がり二歩目、もっと強く滑った。黒いピカピカの皮靴が原因だ。

祖母と母に両腕を支えてもらい、老婆のように腰を九の字に曲げ、這い蹲うようにして汽車に乗り込んだ。

列車の窓の外に、祖母と母の悲しそうな顔が流れて消えた。

目から涙がこぼれそうになり、俯いたまま涙を飲み込んで、悲しみをこらえていた。

「お姉ちゃん」

向かい側の席の人に声をかけられ、我に返った。

「何処まで行くの」

「東京」声がかすれ、やっとの思いで答えた。

「食べな」

ピーナッツの袋をくれた。

「結構です」

そう言いそうになったが、その言葉を飲み込んで、袋の中からピーナッツを二個頂き、

「ありがとうございます」笑顔で、袋を返した。

「旅は道連れ」

聞いたことがある。このようなことを言うのだ。

「何処から来たの」

「秋田」

お酒を飲んでいるようだ。機嫌が良さそうで、安心だ。

「もうすぐ春だねー、桜の季節が来るよ」

ふと見た車窓の外に、穏やかなオレンジ色の日差しが、過ぎ去っていく家々の屋根

を、暖かく照らしていた。

「もうすぐ春だ」

自分に言い聞かせて、優しそうなおじさんに微笑みかえした。

「女は笑顔」

いつの日からか、必殺技を身につけた。

上野駅で親戚と待ち合わせの約束をしていた。驚いた事に、人、人、渦を巻いている。目眩がする。

「改札口」で、待ち合わせをしたのだが親戚らしい人物は、いっこうに見当たらない。不安で、体が少し震えている。腕時計を何度も何度も見た。

公衆電話を探し、祈るような気持ちで、親戚に電話をしてみたが、留守だ。どうすれば良いのか見当がつかない。

『半分、泣き顔になっているだろう』

自分の姿が想像できるが、そんな格好をつけている場合ではないのだ。

キョロキョロして、挙動不審の自分だ。

そんな時、ふと視線を感じた。怪しげな男が、柱の陰に隠れるようにしてじっと、こちらを見ている。

狙われている。田舎の家出娘が多くいるらしい。騙されて売り飛ばされる。そんな噂を聞いたことがある。実に物騒な世の中なのだ。

慌ててその場を離れ、姿をくらました。

追いかけて来たらどうしょう。何度も何度も、後ろを振り返った。怖くて心臓が止まりそうだ。

兎に角、警察を探そう。

「神様、助けて下さい」心で祈った。

運よく交番を見つけた。改札口の程近くにあった。凄まじい勢いで交番の中に飛び込んだ。

「どうしましたか？」

落ち着いて、優しそうなお巡りさんが立っていた。声が震えて、出てこない。

「変な男の人が」やっとの思いで、訴えた。

「それで、何かあったの？」

何もない、怖かっただけだ。

「迷子か？」

奥の方から、偉そうなお巡りさんも出てきて余裕がありそうで立派な出で立ちだ。

「改札口で、待ち合わせしたのですが、来ないのです」

見るからに、迷子の田舎娘に見えるだろう。

「何処の改札口？」

変な事を聞く、上野の改札口に決まっている。それには答えず、握り締めていたメモを無言で差し出した。

「地図を持ってきて」と誰かが言っている。

兎に角、身動きができない。体が固まり、気が抜けて頭は空っぽである。

三人のお巡りさんが、地図を見ながら丁寧に説明しているようだ。

「解った？　行けるね？」

念を押すように顔を覗き込んで、一番若いお巡りさんが言った。

「行けません」大きく頭を横に振り、「絶対に行けません」とつけくわえた。

頑固な田舎娘に呆れ果てたのだろう。皆、静まり返っている。もう、考える気も、力もない。唯、俯いて涙ぐんで、椅子に固まっていた。生きていくのが、こんなに大変なことなのか。

母と祖母の顔が、浮かんで消えた。

「連絡がついたよ」誰かが、叫んだ。

「良かったね。今、迎えに来るから」

皆優しい、天使のようだ。

「パトカーでお送りすれば良かったね」

冗談を言って、笑わせてくれた。皆、笑っている。

私は誰よりも明るく、大きい声で笑った。間もなく親戚がやってきて、何度も頭を下げている。本当に迷惑をかけたのだ。

「中央改札口と言ったでしょう」親戚は怒って言った。

そういえば不忍池と書いてあったような気がする。改札口が一か所だけではないことを初めて知った。

「また来てね」

みんな平和そうに笑っている。いい人たちだ。何度も何度も振り返り、笑顔で手を振った。感謝の気持ちで胸がいっぱいだ。

東京の夜空は、ピカピカに輝いていた。

「未来は明るく輝いている」

思わず、馬鹿な事を言ってる田舎娘。

「光っているのは、ネオンだよ」

親戚が言って、何事もなかったように、笑った。

「レストランに行こう」

何と響きの良い言葉だろう。嬉しさがこみ上げてくる。

レストランどころか蕎麦屋にも喫茶店にも一度も行ったことがなかった。娯楽といえば、映画だけだった。

中間試験と期末試験の後は必ず映画を見に行った。駅前の大きい映画館はその時期だけは高校生で満席だった。狙ったように、高校生の好みそうな映画が上映されていた。

約束などしないのに、用事がない限りクラスメイト七人は団結しているように一緒だった。

何事も経験だ。頑張ろう。心に強く誓った。衝撃の一日であった。

人生は衝撃の連続なのだろうか。

「覚悟が一番大切」

母の名言を、頭に叩き込んだ。

九

「そろそろ、行きましょうか」

香川さんは、淡いブルーのコートだ。実に垢抜けている。手には可愛い小さい袋のような物を持っている。お財布や小物を入れてあるのか。

私は、叔母が作ってくれた紺色で、きちっと体に合わせた、自慢のコートだ。

ポケットに、お財布とハンカチを放り込み、香川さんの後を、追った。

約束の時間は午後四時と言っていた。

散歩だから、一時間くらいかなー。想像をめぐらし、サンダルを、引っかけた。

「これは散歩用のサンダルだよ」

そう言って母が買ってくれた。花柄が垢抜けないが、丈夫そうだ。

母の優しい気持ちが身にしみて、感謝の気持ちがこみ上げてくる。

香川さんが靴箱の前で、手間どっている。

サンダルを引っかけ、「お先」そう言って、先に玄関を飛び出した。

「こんにちは」

玄関の横に、背の高い男性が二人、佇んでいた。驚いて後ずさりした。

実にすっきりした姿勢である。黒い詰襟の学生服の上に、黒いコート。頭には、帽子を被っていたような気がした。どんな帽子だったのか、思い出せない。角ばっていたような気がする。

「アッ、ごめん」

香川さんもすぐ出てきて、

「同室の中村さん」紹介してくれた。

「初めまして、中村です。よろしくお願いいたします」

静かに落ち着いて挨拶した。頭の悪さを知られたくない。見栄っぱりの自分がいる。

二人の男性も、自己紹介してくれた。美男子で笑顔が涼しげで色白で、映画俳優のように見えた。ボーッとして、名前を聞き逃してしまった。

「行きましょうか」香川さんが私を見て言った。

「ハイ」

三つ編みの髪に赤色のリボンをチョウチョ結びにして、可愛い振りをしているが、猫のように見えて、可笑しいのではないだろうか。

久しぶりに逢ったのだろう、香川兄妹は会話が弾んでいる。兄の友人は少し離れて横を歩いている。

「ごめんね」香川さんが後ろを振り向き、すまなそうに言った。

「いいんです、いいんです」思いきり大きく手を振り、にっこり微笑みながら、言った。

話し方が分からないのだ。今まで男性と会話したことがなかった。

ゆっくり後ろで、見たことのない大都会を満喫できて、嬉しく楽しい。

大都会の散歩は、田舎の散歩と百パーセント訳が違っている。

香川さんは可愛いリボンのついた紺色の皮靴を履いている。二人の男性もピカピカの黒い皮靴を履いていて、都会の散歩は、パーティーにでも行くような服装だ。

カックンカックンと足元が鳴って、垢抜けないサンダルが恥ずかしい。

夕暮れの街並みには静かに音楽が流れ、店々は明るく蛍光灯の光が輝いている。

靴屋を探している自分がいた。目の先に靴店を発見、運がいい。

「香川さん、ちょっと待っててね」

返事も聞かずに店に飛び込んだ。

可愛い靴が並んでいる。さすが都会だ、垢抜けている。迷わず、一番手前の靴を履いてみた。ぴったりだ。黒色の靴に白黒の皮の紐が可愛らしく結んであった。サンダルはゴミ箱に投げいれ、何事もなかったように急いで戻った。皆、気付かないように振る舞っている。

「疲れたねー」

香川さんが、首を曲げるようにして兄に訴えた。

「コーヒーを飲みましょう」

兄の友人が私を見て笑顔で言った。

「ハイ」

反射的にコックリして返事はしたが、コーヒーというものは飲んだことも見たこともない。しかし心配はないだろう、飲めばいいのだから。

喫茶店のドアは、部厚く重そうだ。友人がドアを手前に引き、「どうぞ」そう言って、後を振り向き私を見つめた。

どきっとして、手を大きく顔の前で振り、

「いえ、お先にどうぞ」精一杯、上品そうに言った。

男尊女卑だ。女は偉くなったら、不幸になるよ、祖母の言葉が身に沁みている。女は三歩下がるのが常識である。

「レディファーストですから」

友人は、笑っている。ここは大都会、外国のような所なのだ。

助けを求めて、香川さんの顔を見た。

「どうぞ、どうぞ」

兄と妹は、口をそろえて小鳥がさえずるように軽やかに言った。皆、スマートでさわやかである。

喫茶店という所は、どんな所だろう？　大袈裟ではあるが、戦場にでも行くような気持ちだ。

「覚悟が一番だ」

母の言葉が勇気付けてくれる。

「お先します」精一杯、軽やかに言って、勢いよくドアの中に足を踏み入れた。

生まれて初めての喫茶店は、田舎の蔵のように暗かった。良く見えなくて足元も暗い。靴を買って良かった。

上を向いて、四、五歩進んだその時、足が宙に浮いて、事件が起こった。階段を転げ落ちたのだ。あまりの衝撃で、立ち上がることができない。

良く見ると、あたり一面赤い絨毯が敷きつめてあり、テーブルが沢山並んでいて、怪しげに薄明かりがテーブルを照らしている。

香川さんが驚いて駆け寄り、

「大丈夫？」と声をかけてくれ、二人の男性も駆け寄って、

「大丈夫ですか」心配そうに腕をとって、起こしてくれた。

恥ずかしさのあまり、声も出なかった。

階段は二、三段だったが、不意の事で、飛び超えることができなかったのだ。

世の中には危険がいっぱい潜んでいる。油断禁物である。身を持って知った。

傷心のままコートを脱ぎ、大きくため息をついてソファに静かに腰かけた。

イスは深く沈み、短い脚は地面から跳ね上がったが、なでしこ柄のブルーのワンピースが、足を覆い隠してくれた。助かった。

「特別、可愛いのを作ったよ」

そう言って、忙しいのに作ってくれたスカートは、襞が沢山入ったワンピースだ。

優しい叔母の面影浮かんだ。

香川兄妹は、薄明かりの下で、何か書いている。

向かい側の兄の友人は、目を閉じて音楽を聴いているようだ。ショパンの「英雄」である。

一番好きな曲だ。勇気が湧く。

高校生の頃、友人の家で、よく聴かせてもらった一曲だ。

静かに聞き入っているとコーヒーが運ばれてきて、

「飲みましょう」

兄の友人がそう言って、右手でコーヒーカップを持ち上げ一口飲み、美味しそうに、「フー」と言って肩を落とし、足を組んだ。そしてまた目を閉じ、音楽を聴いている。

女の人の飲み方は、どうすればいいのだろう。香川さんの飲み方を見てから飲もう。そう思ったが、なかなか香川さんは、飲む気配がない。仕方ない、私流で行こう。

左手にコーヒーカップを持ち、右手にスプーンを持って一杯すくって飲んだ。初めてのコーヒーは、毒のように、まずかった。

驚いて、香川さんを横目で見た、香川さんは、男飲みしていた。何事も経験だ。自分に言い聞かせ、何事もなかったように、まずいコーヒーをぐっと男飲みし、静かに音楽を、聴いた。

恥の連続だった。恥ずかしくて、誰にもこの事は話せない。香川さんも、一度もあの日の事は口外しなかった。良い人だった。感謝した。

二度とこの二人の男性には、会わないだろう。しかし、良い経験であった。

香川さんは四ヶ月位で寄宿舎を出たので、その後は記憶から消えた。

香川さんの兄と友人は、本当に優しい気使いの人であった。

今思い出すと、何故か涙がこみ上げてくる。きっと、立派なお医者さんになってご活躍しているのだろう。

十

デパートのロビーで、「アッ」と言って振り返った。

すれ違った女性も「アッ」と言ったような気がした。彼女はマスクをしていたが、目と姿、格好で、すぐ解った。クラスメイトの、田中さんであった。

「何年ぶりかしら」

田中さんは駆け寄ってきて懐かしそうに、肩に手を触れて目で笑った。

「五十年振りかも、お互い忙しかったのね」

田中さんは肩で風を切るように歩く、その姿は昔と変わっていない。

同窓会もあったのに一度も、見かけたことがなかった。私は生活に追われて、同窓会どころではなかったのだが、それでも、二度ほど出席した。

「あの頃は、楽しかったね」

田中さんが、明るい声で言った。

ほんとにあの頃が、昨日のように甦る。何から話そう。

田中さんとは、演劇部で一緒だった。

田中さんは演者で、私は裏方の衣装係を希望した。

五月に役割が決まり、上演は十月であったので時間的には余裕があったが、何故か衣装係は、希望者が無く一人だけだった。

三年に一度の行事と聞いた。実家を離れて二年目の春の事で、都会にもすっかり馴れ親しんでいた。演者は、男女合わせて三十人以上いたような気がする。田中さんは、外国の貴夫人であったことは忘れもしない。

小さい頃、踊ったことを思い出し、演劇部に自ら希望して入部したが、演者にはとてもなれない。裏方の衣装係を選んだ。しかし、田舎者の出来る仕事ではなかった。裏方の誰もが人手不足で、手伝ってくれる人はいない。とんでもない事に、首を突っ込んでしまった。

何事も経験と思うのは、若気の至りである。身に沁みて、後悔した。

誰かを勧誘しよう。


入学して一年目の秋頃、社交ダンスの講習会が、毎年恒例であるらしい。

学生寮の食堂が、練習場に早変わりする。テーブルとイスを隅の方に片づけると広い会場が出来上がるが、年代物の食堂の床はデコボコで、所々大小の穴も空いている。

物好きな十八歳位の男女の学生が大勢集まり、時々穴に落っこちる人もいて、大笑いして楽しく盛り上がる。先輩方が、十二月のクリスマスの日まで、ダンスを指導してくれるのだ。

ジルバと言う聞いたこともないようなダンスから始まる。最後はタンゴで終わる。先輩方も、手とり足とり親切に指導してくれて、クリスマスのダンスパーティに何とか間に合う。

指導者の山形さんという黒ぶち眼鏡の男性が、特別親切に指導してくれて親しくなった。ダンスパーティにも誘ってくれた。

演劇部に誘ってみよう。そう思いついてずうずうしく電話した。

「いいよ」

簡単に返事が返ってきてほっとしたが、二人では少しまずい気もする。

同級生の、糸子さんと志摩さんも誘った。

「面白そうね」

そう言って入部してくれ、衣装係は、四人になった。

糸子さんは特に積極的で、助けてくれた。高校時代、生徒会長だったらしい。実にてきぱきしていて、主導権を握りよく気が付いた。

志摩さんはおとなしいが芯が強く、思慮深く意見を提供し、事を進めてくれた。

リーダーだった筈の自分は、二人の小間使いのように下働きに徹した。

山形さんは英会話が堪能だった。キリスト教会も知っているらしく、何か所も回って、外国人の牧師さんと交渉して洋服を借り集めた。私は教会も外国人を見るのも、生まれて初めてなので、唯々尊敬するばかりだった。

もっと驚いたのは、車を運転して、何処にでも車で行った。車の色は真っ黄色で、派手で驚いた。外車で、「かぶと虫」と言っていたように記憶しているが、そんな車があるのか聞いたことも見たこともなかった。

世の中は、知らない事で満ち溢れていた。田舎の大演芸会とは、物が違う。

慌ただしく、楽しかった半年は、アッという間に過ぎ去った。

そして、苦く忘れ難い思い出として、鮮明に心の奥に残った。

しかし、どんな演劇だったのか好評だったのかは記憶に残っていない。自分の仕事に振り回され、内容は部分的にしか見ていなかった。外国の貴夫人役の田中さんがどんな演技をしたのか知らないが、ドレスは緑色で良くお似合いだったことだけは、記憶している。

皆喜んでいたので、成功したのだろう。皆で記念写真を撮った。

糸子さんは何故か、貴夫人の田中さんの隣に座って、微笑んでいる。

大道具、小道具の者たちは、固まるように後に写っている。

懐かしい一枚の写真が、鮮やかに、あの日々を物語っている。

その後、打ち上げの宴会があった。

先輩や、関係者らしい会ったことのない大勢の人たちで、大いに盛り上がっていた。

「終わったね、よくやったね」

糸子さんがリーダーのように、衣装係の四人を労い褒めてくれた。

「糸子さんの、お蔭よ」

皆が、口をそろえるように言った。

本当に、どんな事も嫌がらず、積極的にこなし助けられた。

「悪いけど、お先」

突然、志摩さんが言った。

「どうして。まだ、いいでしょう」

洋服を掴んだ。

「ダメよ、引き留めないの」

横から強い語気で、糸子さんが窘めた。

「お疲れ様、またね」

志摩さんは笑顔で、手を振って帰っていった。

「彼が出来たのよ」

糸子さんが後で教えてくれた。

仕事に夢中で、気付かなかった。

騒々しい雰囲気の中で、気が抜けたように思考力も失い、ぼんやりしていた。

ハッとして我に返り、糸子さんを探した。夢中で探し回ったが、見つからなかった。山形さんも見当たらない。

宴会はまだまだ盛り上がっていたが、一人で夜道を帰った。

「昨日はご免ネ」

糸子さんが、機嫌よく言ってきた。

「探したのよ、何処に行ったの？」

「気持ち悪くなったの。それで山形さんの車で、海に行ったのよ」

「どうして、私を誘わなかったの」

言いそうになったが、言葉を飲み込んで、無言でその場を立ち去った。

人生で初めて裏切られた、そんな気がした。無性に悲しみがこみ上げ、

『許さない、裏切り者。二度と付き合わない』と、心に固く誓った。

演劇部も辞めた。

時は過ぎ、糸子さんのこともいい人だと思う。人生の貴重な勉強であった。

人間は、こうして成長していくのだ。


外国の貴夫人を演じた田中さんとは、友達ではなかったので、お会いするのはあれ以来だろうか、記憶は無い。

そういえば、香川さんと田中さんは親友のようだったことをフッと思い出した。

風の噂で、香川さんが留学したと聞いたことがあった。

「香川さんのことなんだけど、何をするため留学したのかしら、知っている？」

突然、言い出した私。

「さあ？」

首を傾げている。付き合いがなかったのか。

「噂なんだけどね」躊躇いながら言った。

「外交官と結婚したらしいの」

無言の田中さんに、続けざまに一気に話した。

「騙されたらしいのよ、二重結婚」

親友の悪口を言ってしまった。

久しぶりの出会いで気を許してしまったことに後悔したが、もう戻れない。

「誰が、そんな噂を流したのかしら。そんな訳、ないと思う」

怒ったように、強く否定してフォローした。

突然、「私が言ったのよ」田中さんが平然として言った。

驚いて、息が止まりそうになり彼女の顔を見た。悪びれている様子は微塵もない。

「結婚式に招待されて、参列したのよ」

全く信じられない、とても自分の頭では考えることはできない。

「帰国の時も、迎えに行ったのよ」

「はあ」

ため息のような、返事を返した。

「大きいつばの帽子を斜めに被り、女優さんのようだった」

懐かしそうに、振り返っている。

あり得ない、どんなに考えても、理解できることではない。

「それで、どうなったの」

恐れながら、勇気を出して聞いた。

「今はねー、山形で農業しているの。毎年つや姫を送ってくれるのよ」

良かった、安心した。

電話番号を聞いて田中さんと別れた。

何はともあれ今日の出会いは、運が良かった。嬉しくて幸せな気分だ。

一刻も早く電話してみよう。香川さんは、お人好しのところもあった気がする。

「もしもし、香川さんですか」

旧姓で呼び掛けた。

「ハイ」

間違いない。

「中村です」

嬉しさのあまり、声が裏がえった。

暫くの間があいた。

「寄宿舎で一緒だった中村です」

思い出してくれるに決まってる。

「おら、そんな人、知らねえな」

電話は切れた。

ショックで、崩れるようにソファに倒れ込んだ。オレオレ詐欺に間違われたのか。いつもの癖で、旧姓で呼ぶのが悪かったのか。もう二度と会うこともないだろう。縁がなかったのだ。


四年に一度の同窓会があった。

余裕が出来たので、同級生と出席する約束した。歳のせいなのか、とても楽しみである。タンスに仕舞い込んである高級な着物を着て行こう。

「着物は恥ずかしいから、着てこないで」

子供の卒業式の時、言われた事を思い出した。今の時代は、着物は恥ずかしいものなのか。

洋服は五分も掛からないで着られるので楽であるが、着物は気合いがいる。必死の思いで着こんだ。

高級ホテルは、着物が雰囲気に合っていた。エレベーターで一気に昇らないで、ゆっくりエスカレーターで、各階の雰囲気を楽しもう。エスカレーターを降りると、広いフロアで大勢の人たちが、受付をしている様子が目に入り戸惑った。

「こんにちは」

若い二十歳位の艶やかな着物の女性が、にこやかに声をかけてきた。若女将だろうか、見事な着付けである。立ち振る舞いも女優さんのようだ。

「何回生ですか」

案内係なのだ。テキパキしている。

今時の若者が着物をきちんと着ていることに驚いてしまって、動揺している。もたもた足がもつれて、若者について行くのが精一杯だ。受付を済ませ会場に入ると雑踏のような雰囲気で、髪の毛の白い人、腰の曲がった人も目立ち、ホッと安心して気が緩んだ。

その時、後から誰かにぐっと抱きしめられた。突然の出来事に、目眩いがして倒れる寸前だ。

慣れない着物のせいもあるが、息が詰まりそうになり、死にそうな顔で後ろを振り向いた。寄宿舎で一緒だった香川さんであった。

相変わらず綺麗で、垢抜けしていた。黒く日焼けして、麦藁帽子の香川さんを想像していた。

時代が変わっても、人は変わらないものだ。人生で教えられた貴重な体験であった。

まだまだ男性上位の時代ではあるが、女性はしぶとく羽ばたくものなのか。

香川さんとの再会は、生きる勇気と女性の偉大さを、身を持って教えてくれた。

香川さんは奇夫人にあらず。日本の貴夫人だ。心の底からそう確信した。

十一

夫の晴彦は、五人兄弟の四男だ。

後妻の長男で、両親には長男として、大切に育てられたようだ。

今は亡き舅は高校の教師で、頑固で、真っ直ぐで、真面目な人でもあった。たとえば黒の物でも白と思えば、白と言って譲らない人だった。

厳しい補導教官として有名な人で、皆、怖くて近づかないようにしていたらしい。

継母の長男である晴彦には、兄は厳しく感じたのだろうか、性格が攀じ曲がっているように思われる節もある。

「異母兄弟たちは、皆、苦労して育ったのよ」

近所のおばさんがそっと、教えてくれた。

継母の苦労もあったとは思うが、近所のおばさんの話を聞いたところによると、生さぬ仲の幼子の苦労を思うに、心が悲しく沈む。

お会いすることもなかったが、

「一番上の兄は官庁職員で、立派な職業に就いていたが、放浪の旅に出て、その後、亡くなった。優しい人で、いつもお小使銭を貰った」

晴彦が懐かしそうに言っている。歳の離れた兄を慕っていたのだろうか。

若くして亡くなった八重子さんのことが思い出され悲しい。

「二番目のお兄さんは？」

「知らない」

ムッとして話さない。仲が悪かったのだろうか。

三番目の兄は二歳違いで、晴彦が生まれてその後、養子として貰われていったらしい。同じ市内に住んでいるのに、一度も会うことはなかった。晴彦の両親も会わなかったらしい。冷たいようだが覚悟の上だろう。一緒に住んでいた三歳年下の弟は、舅が退職後、両親と郊外の一等地に豪邸を建て引越していった。

それから間もなく両親は亡くなった。

両親が残してくれた古家で暮らしていたが、しかし、実の弟と相続争いが始まった。

「三年も、裁判所に通ったなー」

晴彦が、苦々しい顔で、時々思い出して言う。

「もう十年以上も前の事なのに、もう忘れた方がいいよ」

気持ちは分かる。しかし、何もいい事はない。忘れるのが一番良い方法だ。

両親が口約束していたのだが、きちんとしないで亡くなったのが原因だ。

本当の兄弟でも、そうなるものなのだ。初めて知るところだ。

「結局、買ったようなものだよ」

苦々しい顔で、思い出してはしつっこく言っている。弁護士代や、諸経費で苦労した。

何より晴彦は精神的に苦しんだ。

それ以来、晴彦は二度と弟には会いたくないと言って、異母兄弟にも実の弟とも、今は全く疎遠になり、会うこともなくなった。

「何の親しみもない」と言って恨んでいた。兄弟とは、そんなものなのだろうか。

幼いときは助け合い、いとしみ合って育ったのだろうと思うのだが、時代が悪かったのか、育て方が悪かったのか。

子育ては、はかり知れないほど難しい。親になって初めて知るところだ。

母親学があるのなら、学びたい。未熟な母の願いであり、課題でもある。

「お宅の両親は、本当に幸せだったよ」

長年両親の友人であった近所のおばさんが、今日もたばこを吸いながら、我が家のベランダで寛いでいる。

おばさんの家は、子供たちも巣立ち、一人暮らしになった。

「老人は皆ホームに入れられて、お茶のみも出来ないよ」

確かに昔は、近所の主婦たちはお茶のみが日課であった。今はそんな暇人は何処にもいない。

不用心であるから門もしっかり閉まっていて、簡単に出入りは出来ない。

古家の我が家は、昔通り自由に出入り出来る。愛犬ラブラドールのチノも、おばさんが大好きで、戯れて遊んでいる光景は、平和だ。遺産相続で頂いた土地は、ウナギの寝床のように細長く、庭石や植木や池で埋め尽くされ、「使い物にならない」と言って、夫は怒っていた。しかし庭樹があるのはのどかで、癒されるし有難い。

お隣の弟の土地は売却されて、一分の隙もないように二階建ての大きな家が聳えるように建設されて、我が家の木の垣根に張り付く寸前だ。そしてまさかの隣人トラブルが始まった。テレビで見たことはある。まさかの出来事である。

「落ち葉が飛んできて困ります」

最初の電話から始まった。女性の声だ。奥さんだろうか。挨拶もなく見かけたこともない。

「兎に角、ご迷惑は掛けられないね。これから一生お付き合いすることになるから」

小心者の私はおびえた。

「落葉樹は全部処分しよう」

「桃の木だけは、残して…」懇願した。

長女華の記念樹である。もう五十年になる。大空に向かって見事にピンクの花を咲かせてくれて、空の紺碧にピンクのコントラストは、華の成長と健康を守り祝っていると信じて、何よりも貴重で大切にしてきた。

しかし、却下された。桃の木の葉が最も多く吹き飛ぶのである。針葉樹四本だけ残して全て処分した。

「何で木を全部切ったの？」おばさんが叫んだ。

「うるさい」窓が少し開いて、奥の方から声がした。

「あんた、後から来て、そんな言い方だめだ」おばさんは、どら声で言い返した。

煙草のせいで、喉が痛んでいるのだろうか。

「後も、先もない、迷惑！」響き渡るような金切り声が飛んだ。

「文句があるなら表に出てこい」

突然、夫が怒鳴った。

「あんたはヤクザか？　主人に言い付けてやる」

「ばしゃん」

思いきり窓がしまった。

唯事ではない、恐ろしい展開になってしまった。おばさんは、呆れ果てたように、

「今時の若者は」と呟いて帰っていった。

そしてその日の夜、隣人の主人らしき人物がやってきた。六十歳位か、五十代後半か、顔が異様に膨れて、病的にも見える。

「どうぞ」

胸の動揺を隠し、落ち着いた素振りで、一言言って招き入れた。

「ああ、どうぞ、初めまして」ソファに、反り返るように偉そうに座っている我が家の夫。

どんな展開が待っているのだろうか。

「あのーうちの妻、病気なんです」突然相手が言った。

「私も、白血病で十年の命です」付け加え、「妻は精神病なんです」続けて言った。

一気に気が抜けた。

「お気の毒ですねー」夫は、同情するように実に穏やかに言った。

『本当だろうか』

疑いの目で見ている自分がいる。

「妻の母親が首つり自殺したんです」

背筋が寒い。

「続けて叔母も首つりして二人死んだんです」

そんな事がありうるのだろうか。何があったのだろう。頭が混乱して心は凍りついた。

「妻も、刺激すると、いつ首をつるか心配で、仕事も手に付かないんです」

無言で聞いている夫、少し青ざめているような気がする。唯事ではないのだ。

「妻はどんなに小さい事にも神経を使い、狂いだすんです。それがこの病気なんです」

追い打ち掛けるように、平然と言った。

胸に釘を打たれたように、大打撃を受けている夫。

ああ、とんでもない死神様がやってきた。

「それで、ですね」少し考え込んでいる。

今度は何だろう、目を見張る二人。

「家の壁に埃が付いたので、洗ってもらえますか？」と言ってケロッとしている。

「解りました」夫は即座に答えた。

「我が家に面した部分だけ」ぼそっと付け加えた。

話は済んだ。何事もなく、隣人は、軽やかな足取りで帰っていった。

風が吹けば埃も飛ぶ、嵐もあった。壁の汚れは、自然の流れの姿なのだ。

「あんな事、言って良かったのかしら？」

隣人が帰った後、責めるように言った。

「これからも、何かと言ってくるかもしれないよ」

「今回だけは、仕方ない、あんな事があったから」

怒鳴ったことにビビっている。

「それに、知り合いの業者に頼めば安くしてくれるさ、庭に面した部分だけだから大事ではない。あっちも気が済むだろう」

確かにその通りである。何事もなく終われば、それに越したことはない。

そして、高圧洗浄は終わった。

「終わった」

ソファで大手を広げて、寝ころんで、安心して眠りかけたその時、電話が鳴った。

隣人の女であった。

「まだ汚れが取れてません」きつい言葉である。

返答に困り、間があいた。

「やり直してほしいと、主人が言ってますから」

何も言えずにいる間に、電話は切れた。

結局、丸々全部洗浄させられた。

「庭に面した部分だけと言ったのに」

夫は悔しそうに言っている。その言葉は聞こえなかったのだろう。

「ウナギの寝床のような、使い物にもならない細長い土地のため、全く嫌な思いをした」

怒って夫は二メートル以上の高い塀を建てた。長さは二十メートルあった。

もう顔を見たくないと言って満足しているが、大変な出費で悔しい。

首つり自殺の件も本当の事だろうか。

「五、六十代の人間はズル賢く、生意気だ。これも時代の流れだろう」

そんなことを言って、自分を慰めている。歳のせいとは虚しく悲しい。

十二

「こんにちは、お邪魔します」

そんな声がしたような気がした。誰かがすたすた歩いてくる。

この頃は実に物騒で、いろんな人物がやってきて対応に苦労することが多い。

「あんたは、誰にでもいい顔するから甘く見られて騙されるんだよ。一人では生きていけないよ」

いつも夫が軽蔑したように言う。

確かに外面はいい。家の中では、細かい事までいろいろ文句を言って、上から目線で注文も付ける。子育ての時からの習慣で、それがしっかり身に付いてしまった。

立ち上がろうとしたその時ドアが開いて、長女の華が顔を出した。

嬉しさと驚きで声が詰まり、呆然と立ち尽くした。

「びっくりさせて、ごめんね」

久しぶりの華は明るいひまわりのように、満面の笑みで言った。

母の一周忌も終わり、淋しい日々が続いていて、火が消えた灰色の毎日である。

もっと、親孝行をすれば良かった。そう思うと、涙がこみ上げてくる。

「都会は絶対嫌だ、ここで死ぬ」

そんな事を言っていたが、それを真に受けていた。迷惑をかけたくなかったのだ。

九十五歳までの一人暮らし、足が思うように動かず、家事も大変だったろう。

家は九十歳で新築した。バリアフリーで十畳と八畳が五室あった。

「もっと、部屋数を多くすれば良かったかしら」

そんな事を言って悩んでいたが、一人暮らしなのだから充分である。常に使用するのは二部屋位のものだ。

いつか、皆で暮らすことを、夢見ていたのだろうか。いつも、家をピカピカに磨いていた。

その新築の家で五年間、一人暮らしをした。いよいよ足が不自由になり、我が家に同居したのだが、ひそかな希望を持っていたのだろうか。

夢は叶わなかった。無念だったろう。

同居の百歳になるまでの五年間、どんな事を思って過ごしていたのだろう。

いつだって、にこにこ笑っていた。一度も、不満も愚痴も言わなかった。つまらないちょっとした冗談でも、二人で笑った。笑い茸でも食べたように、笑い続けた。

思い出すと、何故か悲しい。

何がそれほど可笑しかったのか。意味もない、箸が転げたこと。車椅子からすべり落ちて尻もちをつき、二人で同時に、「わーっ」と声を出すと、それが可笑しいのだ。母は歯が上下で四本残っていた。四本の歯にはピカピカの金がかぶせてあり、笑うと品が良く、髪の毛も白髪混じりではあったが、ふわふわして沢山あり、若く見え、皆、歳を聞いて驚いていた。

「おばあちゃん。髪の毛、少し頂戴」

いつも禿げ頭の主人が冗談を言って笑った。入れ歯を外すと、鬼ばばあになる。歯は命だ。つくづく思ったものだ。

幸せの思い出だけが、心の奥にしっかり残った。いつも、働きづめの人だった。お酒を飲んだこともない。歌を歌ったのを見たこともない。唯、口を一文字にして働いていた。体の弱い祖母を助けて、大黒柱のように家を支えていた。

祖父の顔は覚えていないが、微かに面影が、幻のように、浮かぶ。

嵐の夜、祖父の背中の寝巻の中で、火がついたように泣いた。雨は降っていないが、見上げた暗い空に大きい木々が荒れ狂ったように渦巻いて揺れていた。

夢なのか、現実なのかは解らない。

祖父の思い出、頭に浮かぶのは、それ唯一つで、それ以外は何もない。
二、三歳の子供は記憶がないと思うが、何がそれ程かなしかったのだろう。母が、姿を消したのだろうか。
祖父は、金山で金を掘る会社に働いていたらしい。責任者で親方であったと、祖母が教えてくれた。昭和初期の事だろうか。

金山の前の沢山の桜の木の下で、大勢の人々が宴会をしている男女の写真がある。すでに茶色になり、薄ぼやけて見え難いが、十代位の叔父や叔母もいる。

真ん中位に、体格のいい歳のいった男性が写っている。

「この人がおじいさんだよ」

指さして祖母が教えてくれたが、見たことのない人だった。母に似ている気もした。

祖父は大酒飲みで、脳出血で、突然死んだらしい。

酒を飲む前に、必ず飴や駄菓子を買って、それを犬の首輪のように首に括り付けて、それから正体不明になるまで酒を飲む人。大人たちがそんな事を言って面白そうに笑ったりして、井戸端会議の話題にして、伝説のように語りつがれていた。話題の無い、田舎の平和な村だ。

「不憫な孫だからねー」誰かが、そんなことも言っていた。

何故か、皆、自分の子供のように可愛がり、大切にしてくれた。

祖父が皆に何かを言い残して、死んだのだろうか。金山も閉山になり、我が家もどん底に落ちたらしい。

そんな事は露知らず、我儘で気の強い子供だったようで、

「誰に似たのかしら」

「あっちの、お義母さんでしょう」

祖母と母がひそひそ話していた。

眠った振りをして聞いていたが、生まれない方がよかったのか。

私は、一体、誰の子供なのか。父親はどんな人なのか、一度も聞いたこともない。話してくれる人も誰一人いなかった。知っている人は皆死んだ。

母の妹弟、六人皆いい人だった。七人のきょうだいはみんな仲良く、一人暮らしの母を大切に見守ってくれて、皆九十歳以上の高齢で亡くなった。そして、すべての妹弟を見送って、大正昭和を生き抜き、平成の最後の日に、眠るように亡くなった母。

田舎の一粒の砂のような人ではあったが、無言で人生のあり方を教えてくれた偉大な女性であった。

十三

親友の志摩さんのお母様が九十五歳でお亡くなりになった。

「私が悪かったの」

そう言って彼女は嘆き悲しんでいた。

「十分長生きしたし、ずーっと娘と一緒だったのだから、幸せだったと思うよ」

そう慰めた。本当にそう思った。

「それでも、まだまだ生きられたと思うの」

志摩さんはそう言って、悔やんでいる。

志摩さんとは、入学式の前日ホテルで初めてお会いした。夕食を同じテーブルで摂った。十八歳の希望に燃えた春四月だった。志摩さんは品の良い涼しい感じの美人で、一目で気に入った。

お互い、母一人子一人で、母たちも四十歳の同じ年齢だった。彼女の母も品の良い優しそうな人だった。四人は、すぐにうちとけた。

「主人は、近衛兵だったのですが、戦死しました」と彼女の母が、自己紹介をした。

「苦労しました」付け加えた。

「主人が戦死した後、主人の弟と継縁したのですが、うまくいかなくて。それに姑に嫌われました」

悲しみが、顔に滲みでている。

「私も同じです。あの戦争さえなかったら」

母も一言そう言って、珍しく声を詰まらせて、後の言葉が出ない。

二人は悲しみを共有したように仲良しになり、四人は一生の友人になった。

志摩さんは共働きで、子育てはすべて母親任せで、子供たち二人を見事に日本を代表するような人に育てあげた。

彼女のご主人は大学教授で、物静かで大きい声を聞いたことがない。穏やかで優しい人で、幸せを絵で描いたような家庭であった。それ以上何を望むのか。

一方、我が家といえば、夫晴彦の父も戦争に行ったのだが生きていた。

「お前は鉄砲も持たないくせに、生意気言うな」舅が怒鳴り、

「俺に、鉄砲を持って戦えと言うのか」晴彦が反論する。

私は男同士の喧嘩は一度も見たことがない。迫力がありすぎる。戦争経験者は人間が違うのだろうか。

「早く、降参すれば良かったのだ」晴彦が、苦々しく言う。

終戦後の都会は田舎と違い、食べ物がなく苦労したのだ。兄二人と弟との男四人は食べざかりであった。

「養子に貰われていった三番目の兄が、羨ましかったこともあったよ」

晴彦は、ぼそっと言っていた。それほど、食べ物がなかったのだ。

「お腹が空いて、木に登り、小鳥の卵を割って、口に放り込んだら、足と羽がのどに刺さったこともあった」

涼しい顔で晴彦が言った。思わず身震いした。

「そんな、嘘は止めて」思わず叫んだ。

「本当だよ」

真面目な顔で言っているが、時々、嘘を言って、脅かして楽しむ癖がある。

「向かいの家の学校の先生家族は、餓死した。皆、生きることに精一杯で、誰も気が付かなかった。同じ年の子もいたよ。毛布に包まってさあ、本当にかわいそうだった」

とても信じられないが、本当の話のようだ。

近所のおばさんも、そんな事を言っていた。皆、苦しんだのだ。本当に誰のせいだろう。

晴彦は餅が嫌いだ。餅を見ると、青ざめて、目を逸らす。

「なぜ、そんなに、餅を敵のように嫌うの」

ある時、ふと聞いてみた。

もじもじして言わない。もともと餅の嫌いな人など、いくらでもいる。不思議な事ではない。

「言わなくてもいいのよ、そんな事」

私は小さい時から、餅を食べて育った。お正月や、結婚式、家の建前、お祭り、めでたい時は必ず、餅があった。

母は沢山の種類のお餅を作ってくれた。くるみやごま、あんこは定番だ。きなこもあった。いちばんおいしいのは、ずんだであった。母の作ったものは特別おいしかった。

暫くして、「あのねー、餅のことだけど」気まずそうに、俯いて夫が言った。

さっさと言えばいいのに、全く面倒臭い。そんな事はどうでもいいことだ。内心そう思って、質問したことを後悔した。

我が家の近くに国宝級のお寺がある。

公園も隣接して大きく広がった空間で、今でも子供たちの遊び場だ。

昭和五十年代だったろうか。定かではないが、誘拐事件が新聞をにぎわせたことがあり、女の子を育てる母親としては、気が気でなかったことを覚えている。公園が危ない。お寺も危ない。良からぬ事ばかり考えたものだ。

その後いつ頃だったか忘れたが、「週刊〇〇」という週刊誌の記事だったと思うが、若い子に黒い袋をかぶせて連れ去る、というようなことが書いてあった。海辺で黒い袋をかぶせられたが、助けを求めて民家に飛び込んで助かった。そんな記事も、読んだことがある。子供がさらわれると思い、気が気でなかったことを今でも思い出す。

「どうして警察は、取り調べないのだろう」

夫に言ったことがあった。

「週刊誌も、売りたいから大げさな事を書くんだ。物書きは、事実でない事も書くんだよ。あんたは、何でも信じるんだねぇ」

そんなことを言われたものだった。

女性は、命を懸けて子供を育てているのだ。将来の国のためでもある。

男性は、そこのところはどんな考えなのだろうか。

その当時の日本の首相が北朝鮮に招待され、手厚いもてなしを受け、

「本当に、北朝鮮は素晴らしい国である」

と、テレビの記者会見で言っていたことを今でも鮮明に覚えている。

政治の事は解り難いし知識もないが、国を司る人は欲に走らず、しっかり国や国民を守ってほしいと願うばかりだ。

「女は、役に立たない」

子供の頃、大人たちが話していたことが、頭に浮かぶ。

北朝鮮に拉致された多くの人たちが、帰国できる日が一日も早く来ることを、ただ祈ることしかできない。悲しい事だが、やはり役立たずの女であることは事実だ。


餅の話の続きであるが、夫が、恥を忍ぶようにぼそぼそと言い始めた。

「ある時お腹が空いて、一人で墓場でお菓子を探していたら、

『僕ちゃん』そんな声が聞こえて振り向いたら、真っ黒い顔で髪の毛のながーい乞食が、墓石の前に座って、汚れた手であんこもちを食べていたんだよ」

「ふーん、ホントの話なの」

「本当だよ」

そして、話し続けた。

「お腹空いたのか、と言って、餅を半分にしてくれようとしたんだよ。あの光景が目に浮かび、もう餅はダメだ」

確かに、たかが餅ではあるがされど餅、だ。一生の人間の嗜好まで変えたのか。恐ろしく哀れな話である。それほどに、戦後は食糧難だったのだ。

「まだ、いろいろあるよ」

夫が言った。七十五年前の話だ。日本昔話だ、なかなか勉強になる。

「大きい墓石に縄で縛り付けられたこともあった」

面白そうに、言いだした。

「それで、和尚さんがその事を忘れて夜になったんだ」

「どんな、悪い事をしたの?」

全く、身の毛がよだつあり得ない話である。自分が幽霊にでもなったのか。

「そんなに悪い事はしなかったと思うけれど、小さくて逃げ足が遅いから捕まった。戒めだよ」

敗戦は、人間の心も変えるのだろうか。

「もっと、あるよ」

夫が言ったが、もう聞きたくない。

「止めよう、悲しすぎる」

遠い昔の話ではあるが、皆、命懸けで生きてきたことは間違いない。

天災もあるが、人災もあるのが世の中なのだろう。


東日本大震災で、多くの人が亡くなった。

志摩さんのお母さんがお亡くなりになったのも、その後、間もない頃だった。

「急に、食欲が無くなり、入院させたのよ」彼女が言った。

震災のニュースを見て、ショックを受けたのだろうか。

「若いお母さんが小さい女の子の手を引いて必死に走ったが、黒い大波が包み込んで姿が消えた」

多くの人たちが見たらしく、話題になっていた。あまりにも痛々しく、悲しい。

おばあちゃんと孫が小舟のような板の端に乗って浮いていた。皆が「頑張れ、頑張れ」と高台から叫んだが、「さようなら」と言って、にこにこ手を振って遠ざかり消えた。そんな話も聞いた。

涙がこみ上げてくる。自然の恐ろしさを、しみじみ知ることになった。

志摩さんの故郷は岩手と聞いていたが、もう帰ることもないと言っていた。

この震災で東北の人は、多かれ少なかれ、意識を変えた。気を引き締めた。

暗い沈んだ雰囲気が、心に重くのしかかった。

「お母さん、入院して四日目で亡くなったの。入院させない方が良かった。検査ばかりで体力がすっかり消耗したの。私の判断ミス」悔しそうに、言っている。

「日本の医学は、世界でもトップなのよ。九十五歳まで頑張ったのだから、寿命かもしれないのよ」

そんな事を言って慰めた。百歳で亡くなっても、悲しいものだ。

その後、志摩さんが打ち明けた。

「岩手の役所から連絡があってね」

何のことだろう。涙ぐんでいる。

「弟さんのお骨を取りに来て下さいと言われ、本当にびっくりした」

弟さんがいたことを初めて聞いた。異父姉弟だ。

「東日本大震災ですべて流され、仮設住宅で一人で死んだらしいの」

本当に、悲しいとしか、言い様がない。

「姉が一人いると、メモがあったらしいの」

一体、どんな生き方をしていたのか。家族はいなかったのか。結婚はしなかったのか。母や姉に会いたくなかったのか。頭の中の走馬灯が一気に回った。

一人さびしく、死んでいったのだろう。生まれたことを、どう思ってあの世に飛び立っていったのだろう。

「母の墓に入れたのよ」

彼女はそう言って、目にいっぱい涙をにじませ、笑って悲しみを隠した。

優しい彼女は、もっと早く知り合っていれば、手を取り合って生まれたことに感謝したのだろう。もう母も弟も、この世にはいない。人生とは、そんなものだろうか。

今は、お母さんの胸の中に抱かれて、幸せに天国で眠っているのだろう。そう思いたい。

私にも、妹がいるだろうか。もしもそうであったら、幸せな人生を送ってほしいと心の底から願っている。

産めや増やせやの時代だったらしい。

国は戦う男が欲しかったのだろうか。

女は子供を生まなかった方が良かったのか、考えさせられる。

十四

テレビの番組は、何処も彼処もみんなコロナの話題だ。立派な先生方が、いろいろ解りやすく丁寧に説明してくれる。

手の洗い方まで、何度も聞いた。

患者数の発表も大事ではあると思うが、全テレビ局で一斉に放映する。

テレビ局に出演している先生方は、表現の仕方はそれぞれ違うが、同じような説明であり、似たような結論である。

馬鹿な人間でも、お蔭さまで良く解った。それで、今の日本の医学界は、コロナについての研究はどうなっているのだろうか。

唯の一度も、聞いたことがない。

「ワクチンを、外国から大量に分けてもらう約束を取り付けた」

総理大臣が記者会見で言っていたが、しかし、いつまで経っても何の気配もない。歯車が縺れて、止まっているのだろうか。

日本の医学は世界でもトップクラスと、勝手に思っていた。間違っていたのだろうか。

外国にお願いして、ワクチンを分けてもらうということは、日本では作れないということなのだろうか。

発展途上なのだろうか。全く分からない。

コロナの治療で働いている人たちは、それが使命とはいえ、命懸けであることはみんな知るところであるとは思うが、あまりテレビでは取り上げられないし見ることもない。

多くの看護師さんたちの仕事を知る人は、少ない気がする。

「看護師さんが足りない」

「離職している看護師さん、働いてほしい」

そんな事を簡単に呼び掛けたとしたら、それは間違いであるかもしれない。

命を預かる、命懸けの偉大な仕事だ。

医者のお手伝いさんと思う人はいないと思うが、高度な知識と難しい技術と、それに、人間の一番大切ないたわりと優しさを持っている。それでなければ看護師は務まらない。みんな、一心に叩き込んで仕事をしていると思う。簡単に、パートさんと思っては間違いだ。

「コンビニのアルバイトより、報酬が低いのよ」

誰かが言ってたのを聞いたことがある。

確かに、夜のコンビニのアルバイトも危険があり大変だと思う。

しかし、仕事の内容を考えた時、それは人間の命を預かるのだから、責任も大きく肩にのしかかる。その仕事に見合ったそれなりの待遇を、国を司る偉い人たちも大いに考えてほしいと思う。

「飲食業に一律六万円」

一体何を考慮し、どんな計算をすれば成り立つのだろう。その仕組みは、頭が悪い者には解らない。

「店を休んだ方が儲かる、ようやく日の目を見る」

蕎麦屋のお爺さんが言っていたそうだ。本当にお金はもらえたのだろうか。


スマホの使い方がよく分からない。

運よく、教えてくれる会社から、電話があり予約した。

「また、騙されるんじゃないの」夫が言った。

少し不安であるが、決めた事だから実行するのみだ。

約束時間の一分前に、インターホンが鳴った。きっちりしている。

あどけない、若い小柄な男性が玄関の外に見えた。

「一人ですか?」思わず言った。

「ハイ」

「車は何処に止めたの?」続けざまに聞いた。

「バスで来ました」

今時の営業マンは、ことごとく営業車でやってくる。大丈夫かな、不安が過る。

名刺を貰いよく見た。しっかり書いてある。丁寧にいろいろと説明してくれた。

スマホで決済する方法が知りたかった。

「解りましたか」

良く解らないが、この辺にしておこう。自分で決めた。

「コーヒー飲みますか」

目が笑い、「頂きます」と言った。

今時は皆コロナを警戒し、マスクを外さない。

「会社で予防注射、終わりました」そう言ってマスクを外した。

我が家の孫に似ているようで、驚いた。

孫はこのコロナの騒動の中、アメリカに留学した。

何も「今でなくてもいいでしょう」そう思ったが、「今でしょう」とばかりにコロナウイルスの渦の中、飛び立っていった。母親は心配のあまり、体調を崩し寝込んでしまった。

孫は大学院の四年生、二十六歳だ。同じ位の歳だろうか。急に、親しみがこみ上げてくる。親に反抗したのを、一度も見たこともない。

素直で、優秀で総長から表彰された自慢の孫だ。背格好も似ている。東大生の演歌歌手の辰巳さんという人によく似ていて、テレビで見かけると、嬉しさがこみ上げてきて涙が目に滲んでくる。今頃どうしているのだろう。

「僕、入社してまだ一ヶ月です」

突然その子が言って、美味しそうに、コーヒーを一口飲んだ。

可愛い顔をしているけど、大丈夫なのだろうか、契約の先々が思いやられる。

「僕、頭が良くて神童と言われていました。コロナで生活が出来ないので、大学辞めました。まだ十八歳です」

驚いて、開いた口が塞がらない。

「ご両親に仕送りしてもらえなかったの？」

「妹と弟もいるので」

返す言葉を失った。

「解らない事があったら、ラインしてください」

いつまでも、帰る後ろ姿を見送った。孫の姿と重なり、涙がこみ上げてきた。

高級官僚がお一人様六万円の食事をした、とニュースで見たような気がする。六万円のお料理って、どんなのだろう。

六百円の弁当も買えない人もいる。それが世の中だろう。生きてさえいれば、いつの日かきっといい事がある。信じて、頑張ってほしい。

十五

長女の華が突然言った。

「ゆう子は、本当にいい子だよ」

久しぶりに訪ねてきて、何が言いたいのだろう。

「ああ、あの子はいい子だ。本当に親思いで出来た子だ。俺の子とは思えない」

夫が言った。

生まれた時から虚弱で生きてくれればそれでいい、そう思って育てた。

生まれた時は未熟児寸前であった。

赤ちゃんなのに、色白で顔が整っていた。ミス大学病院と看護師さんたちが冗談を言っていた。

「貴方、夕べ魘《うな》されて、とても苦しんでいましたよ」

お隣のベッドの方が、心配そうに言った。

そういえば、足元がえらく重かった。

看護師さんたちも慌てていたように走りまわっていた。死んでしまうのだろうか。

急いで母に電話した。

「おじいさんが、助けに来たのよ」自信ありげに母は言った。

それから序々に、元気になり、お隣の方もいろいろ気を使い励ましてくれた。年齢は五歳くらい上であろうか。

「迪子と申します」

お上品な人だ。

「主人は東大を首席で卒業しましたの」さらりと言った。

私には縁遠い人だ、そんな頭の良い人には、生まれてこの方会ったこともない。

「私の先祖は公家出身なのよ」と付け加えて言っている。

田舎育ちの私には縁のない、遠い存在だ。

しかし不思議なもので、付き合いは今でも続いた。

「私がお宅のお子さんのお勉強を見ましょう」

迪子さんは教育者の妻らしく、毅然として私に告げた。

「ありがとうございます」

二つ返事で答え、二人の娘の明るい将来を想像し、心の奥深く感謝の気持ちが広がった。

迪子さんは飛びきり教育熱心で、迪子さんのお子様も秀才で人種が違うとさえ思ったものだった。同じ日に生まれたゆう子は、真面目に必死の思いで努力していた。

華は、どんな気持ちだったのだろうか？

「私は本当に辛かったのよ」今ごろになって、初めて華が悲しそうな笑顔で打ち明けた。

「すべてに自信をなくしたの」済まなそうに俯いている。何かに躓いたのだろう。

無能な母は気が付かなかった。

華はバレエでは白鳥の湖で主役を演じていた。将来はバレリーナになるかもしれないと期待し、ピアノは音感がいいと褒められた。明るく、はつらつとしていた。

しかし多感な中学のある日、すべての稽古を辞めて箱に閉じこもるように自分を閉ざしてしまった。親として成すすべもなく、無力で未熟で悲しみだけが心を抉り、苦しみ悩み続ける日々であった。華は親を恨んで反抗しているのだろうか。

妹のゆう子は姉の華とは違い、真面目に努力していた。何処までも素直で優しく、救われた。

「私はバレエもピアノも絶対続ける」ゆう子は珍しく強気で言ってきた。

「お姉ちゃんが辞めたから、あなたも辞めて頂戴」

小学生のゆう子は悲しい顔でコックリ頷いた。落ちこぼれていきそうな華も可哀そうであるが、素直なゆう子も可哀そうであった。しかし差をつけたくない。悩んだ末の決断だった。

時は過ぎて何事もなかったように、華とゆう子は同じ大学でゴルフ部の先輩後輩として仲良く活躍していた。元の二人になったことが、この上なく嬉しく幸せであった。

しかしゆう子は今も恨んでいたのだろうか。

「何もかも私から取り上げたよね。バレエもピアノも」そう言って、「これからはあちらのお義母さんのお世話をするから」。冷たく聞こえる、当然の事でもある。貴方のお世話はできません、と付け加えたいのだろうか。

朝、東の空に真っ赤な太陽が昇り、大きい窓が黄金色に輝く。

「華もゆう子も、健康でありますように」大空に向かって祈る日々。

完璧を求めないで、真面目すぎないで、健やかに過ごしてほしい。それが母の唯一の願いである。

十六

夫の晴彦は茸研究会に入会して数十年になる。夫の後を追って私も入会させてもらった。

「昔は、入会するのに試験があったよ」と長老の人が言っていた。

今では老若男女、小学生もいて、誰でも入会させてもらえる。名前も同好会になったらしい。

会員は二百人位いるらしい。科学者、物理学者、医学者、薬学者、生物学者、菌学者、女性も多く、外国人もいる。自然を楽しみながら、沢山の勉強が出来る。年に四、五回、里山や奥山に大勢で登り、採取した山ほどのキノコを並べて、リーダーの人が説明してくれる。毒キノコも多く、皆、真剣に聞いている。

キノコ料理の勉強会もあり、五、六十種類のキノコ料理が並ぶ。外国のキノコもあり、外国にも採取に行き、研究している方々もいらっしゃる。奥が深い。

料理の勉強会は、食べながら、勉強ができて、実に楽しい。

毎年、科学館で、キノコの展示、説明会もあり、大イベントだ。数百種類のキノコが展示され、数千人の見学者が訪れる。二、三ヶ月前から準備が始まるらしい。毒キノコの係の人もいて毎年、見事な毒キノコが数十種類並ぶ。実に美しく食べたくなりそうだが、いちころ死んでしまう猛毒のキノコもある。

今では公園にも、新種で未知のキノコも発生し、その中には、手で触ると、手が毒で火傷をしたようになるキノコも発生していて危険であり、知っておいた方が良い。知識者の専門家の方々が、多くの来場者の質問に汗だくで、説明している。大切でおおいに勉強にもなる。少しでも多くの人々に楽しんで、見学してもらいたい。

赤や黄色のもみじや、赤い実の「ななかまど」や、ワインカラーの「つり花」、蔓が巻き付いた「紫色の山葡萄」や、「アケビ」が、そっとキノコたちを引き立てている。

そこには、日本の小さな里の秋がある。

「ワレモコウ」の花、紫の可憐な「リンドウ」、野山の樹や花を探し求めて、展示会の三日前に入山する。いつの頃からだろう、それが自分の係になっていた。

二十代から華道と関わってきたが、思わぬ別の場所でお花と関わるとは想いもしなかった。

「腕の見せどころだね」

夫はそんな事を言って、一緒に山をめぐり歩いて採取に協力してくれる。

何の腕もないが非常に助かる。山は荒れ果て、足の踏み場もなく、山に入るのは苦労が付き纏う。

「熊　出没」の立て看板のある獣道だけが足場が良く、山には鉄の柵が張り巡らされ、猪も多く出没するのだろう。

ある時、親切なお爺さんにお会いして、お世話になることができた。

「私の家の周りに、いろいろの樹木があるから」と、お爺さんに招かれた。

その家は、奥山の小さい集落で、お爺さんの家は山の麓の一番高い所にあった。こんな山奥に集落があるのに驚いた。まばらに十軒くらいの家が点在している。

杉の木と松の木が広大な敷地を囲っている。イグネと言って家を天災から守るものらしい敷地には、柿や、ぐみなどの木もあり、数知れないほどの大木が茂っている。

樹齢何百年の庭の木々が大空高く、大手をのばし、この集落を守っているように感じてしまう。家の作りも、見たこともないような形で、築何年経つのだろう。豪華な面影が微かに残っている。

「昔は山の仕事がいっぱいあって裕福であった、今は、何の仕事も無い。林業の三代目は大貧乏だ」

「お子さんはいないんですか」

「男が三人いたが、町で結婚して、誰も戻らないよ。嫁さんが嫌がるのさ」

吐き捨てるように言って、笑った。苦労が滲み出ているように見える。

「自給自足でも、年金だけでは苦しい」と。

「妻は認知症で時々行方不明になり、山奥に入り込むので目が離せないんだ」

何事もないように、明るく笑った。

人間はどんな時でも、考え方で幸せに暮らせるのだろうことを教えられた。

「熊は出ないのですか？」

「熊は出るよ」平然と言った。

気絶して死んでしまうだろう。そんな風に思っている自分がいる。

「顔見知りだから」

どういうことか理解できない。

「出逢ったら、お先にどうぞ、と言って先に通すんだ。そうすると、ありがとうと言うように手を挙げて、通り過ぎて行くよ」

そのような事、初めて聞いた。昔にタイムスリップしたようで、現実の事とはとても思えない。

「猿も、時々、柿を貰いに来るんだ」楽しく語った。

「可愛いよ。二十個つづりの干し柿を手渡したら、手を合わせて拝んで、お礼をして帰っていった」

信じがたい話である。

「あの人は、嘘は言っていない」疑い深い夫が言った。

「政治家は金で動く」

政治に詳しい人が言っていたが、金にならなくても林業に目を向けてほしい。しみじみ思った。

私たち人間は大自然に抱かれて生きている。日本の大切な自然を守ってほしい。そう思うのは、私だけなのだろうか。


ウナギの寝床と言って馬鹿にしていた土地に、トマトの苗が太陽をいっぱい浴び、大きく成長している。沢山の花が咲き、二人では食べきれないだろう。どうしよう。ぼんやりそんな事を考えていた。

ふと見たテレビに、可愛い十歳くらいの女の子が映っていた。色黒で目がパッチリ大きく、エキゾチックで美人だ。

その美しい目から、大粒の涙がこぼれおち右手でその涙を拭った。左腕には痩せて頭だけが大きく見える一歳位の女の子が大切そうに抱かれていて、悲しい目で泣いている姉を見ている。父は戦いに行き、母は死んだと言っている。これからどうして生きていけばよいのか。食べるものが無く途方に暮れている。痛ましく悲しい。

「戦う力があるなら、土地を耕せばいい」思わず呟いた。

「女は子供を生むべきではなかったのだ」夫が言った。

本当のところは解らない。

戦争だけはやめてほしい。

著者プロフィール
山川 もえ（やまかわ もえ）
宮城県在住。

女は子供を生むべきではなかったのか？

2022年2月15日　初版第1刷発行

著　者　山川 もえ
発行者　瓜谷 綱延
発行所　株式会社文芸社
〒160-0022　東京都新宿区新宿1－10－1
電話　03-5369-3060（代表）
03-5369-2299（販売）

印　刷　株式会社文芸社
製本所　株式会社MOTOMURA

ISBN978-4-286-23396-3